THORSTEN DÖRP

NOCH DREI GESCHICHTEN BIS WEIHNACHTEN

Eine Lebkuchensammlung

Fotos Cover: Esthar Groen - FreeImages.com,
Lili Graphie - Istock
Herstellung und Verlag: BoD - Books on Demand,
Norderstedt
ISBN 978-3-752-66909-1

Bibliografische Information der Deutschen Nationalbibliothek
Die Deutsche Nationalbibliothek verzeichnet diese Publikation in der Deutschen
Nationalbibliografie; detaillierte bibliografische Daten sind im Internet über
http://dnb.d-nb.de abrufbar.

»Na super, schon wieder Weihnachten?

– Ja, eben.«

O, DU SELIGE WEIHNACHTSZEIT

»Ach, wie schön!«, begrüßt mich Mutter rührgeseelt, als ich halb erfroren vor dem Eingang meines Elternhauses stehe. Ich hoffe, sie meint die Freude darüber, mich zu sehen und nicht die blauen Lippen.

»Ja. Schön. Auch dir frohe Weihnachten, Mama«, antworte ich in dem Umfang lächelnd, wie es meine steife Gesichtsmuskulatur erlaubt. Ich beuge mich ein Stückchen herunter und setze ihr einen eisigen Kuss zwischen Mundwinkel und Wange. Dann drücke ich ihren gemachten Kopf tief in meine schneenasse Daunenjacke. Mutter quiekt.

Von drinnen antwortet es kläffend, und Sekunden darauf reibt sich eine grauhaarige Wolldecke hechelnd an meinem Schienbein, welche ich durch dezente Tritte abzuwehren versuche. Es handelt sich um Boris, wie der kurzgeratene Fusselknäuel im Rahmen meiner Familie genannt wird. Boris riecht schlecht, Boris sieht schlecht, doch Boris begrüßt mich so enthusiastisch, wie es einem vierzehn Jahre alten Mischlingsrüden noch möglich ist. Als mein letzter Tritt ihn von meinem Bein gelöst hat, bevor meine Hose endgültig versaut ist, knurrt er enttäuscht, bellt zwei Tannenzapfen des winterlichen Gesteckes an, das an einer roten Samtschleife an der Tür baumelt und verzieht sich unverrichteter Dinge zurück ins Haus. Ich bin gespannt, ob er nächstes Weihnachten noch mit von der Partie sein wird.

Mittlerweile steht auch meine kleine Nichte Rosalinde im Türrahmen und blickt mich mit murmelgroßen Rehäugelein an. Der Stress des Wartens steht ihr ins Gesicht geschrieben.

»Wo sind deine Geschenke?«, will Rosalinde wissen.

Mich packen Schuldgefühle. Jedes Jahr nehme ich mir aufs Neue vor, ihr einen neuen Namen zu schenken. Irgendwann werde ich es schaffen, ihr eine Urkunde mit einem Namen zu überreichen, der für ein achtjähriges Kind angemessen ist, aus diesem Jahrhundert stammt und den sie laut aussprechen mag.

»Diese Jahr verschenke ich Liebe!«, antworte ich philosophisch.

Rosalinde guckt irritiert.

Ich hatte mir geschworen, dass es dieses Jahr absolut Nichts geben würde, sollte die Industrie ihre ersten Lebkuchen bereits im August in die Regale stellen.

Ungläubig sucht sie mich von oben nach unten ab

und hält nach Anhaltspunkten Ausschau, die das Gesagte widerlegen würden.

»Da ist ja echt nichts«, wirft sie mir ihre kindliche Enttäuschung direkt vor die Füße.

»Wann hast du dieses Jahr dein erstes Lebkuchenherz gegessen?«, will ich von ihr wissen.

»Ich habe Diabetes«, antwortet sie beleidigt und verschwindet mit vorgeschobener Unterlippe ins Wohnzimmer.

Mutter sagt noch nichts.

Erst, als es aus dem Wohnzimmer zu uns durchdringt, dass es kalt werde und man ja schließlich nicht für draußen heize, kommt auch sie auf den Gedanken, mich herein zu bitten. Mit einer geübten Bewegung zieht sie den schweren Vorhang zur Seite und tritt einen Schritt zurück. Dankend folge ich ihrer Geste und trete ins Warme.

Wäre Rücksichtnahme eine meiner Tugenden, hätte ich kurz daran gedacht, meine Schuhe abzuklopfen. Stattdessen ziehe ich eine graue Matschspur über die Fliesen und werde erst durch ein schrilles: »Neeeein, nicht ins Wohnzimmer!« von Mutter gebremst.

Früher, als wir noch klein waren, war das Betreten des Wohnzimmers tabu, bis ein feines Porzellanglöckchen bimmelnd die Ankunft des heiligen Weihnachtsmannes ankündigte – aber das war es nicht, was sie mir mitteilen wollte. Sie verbirgt ihren Vorwurf hinter einer wegwerfenden Handbewegung und zieht, als hätte sie gerade darauf gewartet, einen Wischmop hinter dem Vorhang hervor. Auf den ersten Blick sieht er aus wie ein hochmodernes Sportgerät.

»Wow, ist der neu?«, frage ich, weil mir eine Entschuldigung einfach nicht über die Lippen kommen will.

Sie nickt begeistert. Und als sie schon längst dabei ist, das wuchtige Gerät zügig über den Boden zu ziehen, referiert sie mit geweiteten Pupillen über eine Dauerwerbesendung, in der Harry Wijnvoord das Wundergerät höchstpersönlich angepriesen hat. Endlich klärt sich die Frage, wer zum Teufel bei QVC einkauft. Während die Bodenheizung die Fliesen im trockenen Glanz erstrahlen lässt, drückt Mutter mir ein Paar Stoffpantoffeln in die kribbelnden Finger. Ich bestaune das dem Norwegerpulli entlehnten Muster und folge ihr wortlos ins Wohnzimmer ...

... Wo mich ankündigungslos der Schlag trifft!

Während mir eben noch klirrendkalte Winterluft die Lungenflügel geflutet hat, stehe ich jetzt in einem überheizten Viereck mit radikal reduziertem Sauerstoffgehalt. Auf den Wandregalen flackern zimtduftende Teelichter, der Kamin knistert funkenreich, und von der Ablage der Schrankwand pustet eine hölzerne Räuchermännchen-Armee einen atemraubenden

Cocktail aus Tannendunst und Weihrauch aus O-förmigen Mündern. Der Tannenbaum leuchtet wie ein türkischer/griechischer 1-Euro-Shop. Jetzt erklärt sich auch der surrende Stromzähler im Flur.

Mein Blick dreht sich auf das jährliche Deja Vú: Am großen Esstisch sitzen in bewährter Reihenfolge mein Vater, meine ältere Schwester Melanie nebst Ehemann Ulf, die kleine Oma und Tante Brigitte, eine Dame im Spätherbst. Wessen Tante sie ist, weiß keiner wirklich. Sie gehört halt dazu. Adventskranz auf rot-weißer Tischdecke, Pappengel, Holztiere und Kunstschneesterne – ein Anblick, den ich bereits von frühesten Kindheitsfotos her kenne. Später werden noch mein älterer Bruder Magnus und seine Frau Jennifer mit ihren zopfschwänzigen Zwillingstöchtern aus erster Ehe dazu stoßen.

»Na, das ist ja schön, dass du auch schon kommst. Essen ist vorbei«, begrüßt mich Vater und stellt geräuschvoll sein Glas ab.

»Konstantin hat keine Geschenke mitgebracht!«, petzt Rosalinde.

»Lasst ihn doch erst einmal ankommen«, verteidigt mich Mutter und schiebt einen weiteren Stuhl an den Tisch, bevor sie mir ein randvolles Glas Rotwein vor die Nase stellt. Mit langen Fingern greift Vater nach seinem Pfeifenbeutel.

»Stimmt das?«, hakt Vater nach, macht sich dabei

aber nicht im Geringsten die Mühe, von seiner Pfeife aufzublicken.

»Hä?«

»Was die Rosalinde da sagt.«

Mutter steht neben der Stereoanlage und lässt ihre Finger über eine breite Fernbedienung huschen. Noch während die Frage unbeantwortet im Raum kreist, erklingen die ersten Töne von ›O du fröhliche, o du selige…‹, die wie Schneeflocken aus der Telefunken-Lautsprecherbox rieseln.

»Kinder, es ist doch Weihnachten!«, gurrt sie in unsere Richtung und wedelt dabei mit den Händen. Der Glanz ihrer Augen verrät, dass sie in den vergangenen Stunden nicht ausschließlich die Weingläser der anderen gefüllt hat.

»Du hast echt keine Geschenke mitgebracht?«, entrüstet sich meine Schwester Melanie. Sie streichelt dabei ihrer kleinen Tochter solidarisch über den Kopf. Rosalinde verschränkt ihre etwas zu dicken Arme, schiebt die Unterlippe wieder in Schmollstellung und starrt mich herausfordernd an.

»Hey Leute!« Ich zeige meine offenen Handflächen. Wie gut mir jetzt ein helles Gewand und eine Dornenkrone stehen würden! »Sind wir hier nicht zusammengekommen, um das Fest der Liebe zu feiern?«

»Aber doch nicht ohne Geschenke!«, faucht Melanie schnippisch.

»Was spricht dagegen?«

»Wir haben dir schließlich auch etwas gekauft«, antwortet sie.

Wir haben dir schließlich auch etwas gekauft. Könnte glatt eine der Antworten bei der Fünfzig-Euro-Frage von ›Wer wird Millionär‹ sein. Mein Blick bleibt an der abgegriffenen Porzellan-Krippe hängen, die vor dem beschlagenen Fenster aufgebaut steht. Einem der drei Könige fehlt der Arm.

»Ich glaube nicht, dass es Jesus um Geschenke gegangen ist«, behaupte ich. »Ich denke, es sollte beim Weihnachtsfest um etwas ganz anderes gehen.«

Stolz über so viel Unverfänglichkeit, greife ich nach dem Glas Rotwein und spüle den tiefdunklen Inhalt mit einem kräftigen Schluck hinunter. Zufrieden wische ich mir mit dem Armrücken über den Mund und blicke meine Schwester an.

Unterdessen schleicht sich Mutter von hinten an und serviert mir einen aufgewärmten Teller mit Rotkohl, Kroketten und einer Gänsekeule in hautüberzogener Sauce.

»Aber die heiligen drei Könige hatten allesamt Geschenke dabei«, kontert Melanie, während ich die Nasenspitze über dem dampfenden Teller kreisen lasse. Ulf, ihr Mann, schmunzelt diplomatisch. Mit übereinandergeschlagenen Beinen hockt er auf seinem Stuhl und dreht den gekämmten Kopf mal in meine, mal in ihre Richtung. Jedenfalls solange, bis meine Schwester ein entwaffnendes: »Sag du doch auch mal was« aus ihrer Streitkiste hervorkramt. Noch während er Luft holt, meldet sich Oma zu Wort.

»Das ist ja immer so schön zum Fest!«, krächzt sie wie ferngesteuert. Sie hebt die trüben Pupillen vom leeren Teller und wackelt richtungsfrei mit dem Kopf.

»So, so wunderschön!«, wiederholt sie sich.

Diese Feststellung werden wir im Laufe des Abends erfahrungsgemäß noch häufiger hören, denn Groß-mutter ist nicht nur gnadenlos zittrig, wie sie ein-drucksvoll unter Beweis stellt, als sie ihre leere Gabel zum Mund führt, sondern auch knackdement.

»Ja, wunderwunderschön«, greift Tante Brigitte auf. Auch bei ihr hat der Zahn der Zeit mehr als nur an der körperlichen Substanz genagt.

Aber dann erwischt sie mich knallhart von der Seite. »Ist denn deine Freundin nicht mitgekommen? Die mit dem exotischen Namen!« Sie kratzt sich mit dem Nagel ihres faltigen Zeigefingers an der Schläfe, als würde ihr der Name gleich wieder einfallen.

Nicht schlecht! Seit Monaten versuche ich das The-ma kläglich zu umschiffen und hier dauert es keine fünfzehn Minuten, bis die Narbe der Trennung auf-gekratzt wird.

Melanie haut mit den Händen auf den Tisch: »Was hat die denn jetzt mit den Geschenken zu tun?« Gerne würde ich ihr zustimmen. Die Tatsache, dass ich alleine hierhergekommen bin, sollte als Antwort genügen.

Oma guckt zum Baum.

»Selma hieß sie«, antworte ich knapp und stochere eine ersoffene Krokette auf meine Gabel, ohne vom Teller aufzuschauen.

»Och nein, Junge!«, fällt es meiner Mutter aus dem Mund.

»Schluss?«, fragt Melanie irritiert.

»Seit ihrem Geburtstag im Sommer«, nicke ich.

»Hast ihr wohl keine Geschenke gemacht, was?«, frotzelt sie, merkt aber schnell, dass sie dabei ist, den Pfad der Witzigkeit zu verlassen. Noch während ich sie mit meinen Augen erwürge, schiebt Melanie sich heran, umarmt mich kurz, wuschelt mir schwesterlich durch die Mähne und gießt mit lächelndem ›wird-schon-werden‹-Gesicht Wein in mein Glas.

»Das ist wirklich schön hier«, meldet sich Oma wieder zurück. »Findet ihr nicht auch?« Wir nicken versöhnlich, und Mutti streichelt Oma anteilnehmend das dünne Händchen.

Während ich stumm auf dem Stuhl hocke und durch die Nase ins Weinglas atme, gibt sich sogar Vater einen Ruck, wechselt die Tischseite und klopft mir im Vorbeigehen auf die Schulter: »Die Frauen kommen, die Frauen gehen.«

Für einen wortkargen Menschen, der den Mund

sonst nur fürs Rauchen, Motzen oder Essen benutzt, war das schon fast ein Gespräch. Und selbst wenn mich seine weisen Worte nicht wirklich trösten können, freue ich mich über den zarten Versuch einer Anteilnahme. Mit mir selbst beschäftigt, kratze ich die Gabel über den Teller, fülle meine Wangen und erhebe mich, um den Tisch abzuräumen. Natürlich nur unter Protest meiner Mutter.

In der Küche stelle ich die dreckigen Teller ins Spülbecken und schlendere zum Kühlschrank. In meinem Kopf summt ein leises ›Morgen Kinder wird's was geben‹. Erwartungsvoll öffne ich die Klappe, inspiziere die randvollen Fächer und ziehe freudestrahlend ein Einmachglas hervor, aus dem ich ein goldgelbes Stück eingelegten Kürbis fingere. Während ich genüsslich kaue, starre ich durchs Fenster ins Dunkel, in dem das Leben erstarrt ist. Kein Auto, keine Menschen, nur hier und dort gedämpftes Licht, das sich durch rieselnde Flocken kämpft. Es fällt mir schwer, mich zu erinnern, wie ich es so viele Jahre in dieser Einöde ausgehalten habe.

Mit säuerlichem Geschmack im Mund, kehre ich zurück ins Wohnzimmer. Meine Eltern sind gerade darin vertieft, sich gegenseitig anzuzischeln. Melanie versucht zu schlichten und wird nicht müde zu betonen, dass es doch überhaupt nicht schlimm sei, dass Mutter vergessen hat, den geräucherten Lachs einzukaufen. Tradition hin oder her. Ich setze mich zu ihnen an den Tisch und kann das nur bestätigen. Im Kühlschrank fehlte ja schließlich nicht nur der Lachs, sondern auch Meerrettich. Und Lachs ohne Meerrettich ergäbe doch gar keinen Sinn.

Nach einer kurzen Denkpause lenkt Vater grummelnd ein, da der Einkauf von Meerrettichgläsern in seinen Aufgabenbereich fällt. Mutter schmunzelt und sieht ihren Mann liebevoll an: »Schwamm drüber, Wolfgang! Toastbrot haben wir nämlich auch keines mehr.«

Was ebenfalls auf seiner Einkaufsliste gestanden hat.

Hund Boris reißt uns aus der neugeschaffenen Idylle. Von draußen ist ein orangefarbenes Blinken zu erkennen. Es klingelt. Und nochmal. Wie ein Brummkreisel zischt der Hund aus dem Wohnzimmer und schlittert kläffend über die glatten Fliesen zur Haustür. Bis auf Oma rennen alle hinterher.

Als Mutter die Tür öffnet, erscheint mein Bruder Magnus im Lichtkegel der Außenbeleuchtung. Mit starren Mündern erkennen wir: Sein teurer englischer Sportwagen steht im Kofferraum von Vaters im Carport geparktem Auto.

Mutter findet als erste zur Sprache zurück. »Wolltest

du nicht streuen?«, fragt sie. Sie meint Vater.

Doch der antwortet erst einmal überhaupt nichts. Er stolpert auf seinen neuen Wollsocken über die Türschwelle zum heißgeliebten Vehikel. Ungläubig streicht er über den lädierten Rahmen der Heckklappe. Er blickt die Auffahrt hinauf, wo eine Schneeböe die frischen Reifenspuren verwischt. Dann zu Magnus. Ohne ein Wort zu verlieren, verschwindet er türknallend ins Wohnzimmer. Die Tür knallt zu. Stimmung.

Auch Magnus sieht sonst fröhlicher aus. Er drückt Mutter einen winzigen Weihnachtsstern in die Hände und versucht sich an der guten Miene zum bösen Spiel. Missgünstig beobachte ich seine Inszenierung und auch Melanie rollt die Augen. Hinter einem beachtlichen Berg von Geschenken tauchen Frau Jennifer und die Töchter Hanni und Nanni aus dem Auto auf. Auch ihre Gesichter haben mit weihnachtlichem Glanz wenig gemeinsam. Boris nutzt seine Chance und pinkelt ein gelbes Muster auf den schneebedeckten Rasen.

»Wollt ihr nicht hereinkommen«, versucht Mutter, um kurzfristig vom soeben entstandenen 10.000-Euro-Schaden abzulenken.

Wollen sie. Und so wird es eng im Flur. Wie bei einer einstudierten Choreographie streifen sich die Neuankömmlinge die Schuhe von den Füßen und stellen sie ordentlich in das Regal, das unter der Garderobe steht. Mutter streichelt Magnus über die Wange und wirft mir einen Blick zu, mit dem sie mir auf ihre ganz persönliche Weise zu verstehen gibt, dass mein schlechtes Benehmen nicht an ihrer Erziehung liegen könne. Ich verkneife mir ein applaudierendes Klatschen …

Als alle mit Hausschuhen versorgt sind, watscheln wir wie eine Entenfamilie der Mutter hinterher. Vater sitzt am Tisch und blättert wildschnaubend durch die Seiten eines dicken Ringordners. Seinen Rotwein hat er gegen Whisky getauscht. Tante Brigitte hilft den neuen Gästen, die Geschenke unter dem Tannenbaum zu stapeln.

»Geschenke, Geschenke!«, fiept Rosalinde und hüpft klatschend in die Luft. Die Zwillingstöchter sehen sie argwöhnisch an. Während Jennifer neben Mutter Platz nimmt, rückt Magnus zu unserem Vater auf. Ungefragt greift er nach seinem Ordner, klappt diesen zu und legt ihn behutsam auf den Stuhl neben sich ab.

»Frohe Weihnachten, Papa!«

»Froh am Arsch! Das zahlt keine Versicherung!«, schnaubt Vater.

»Lass uns das doch später klären. Es ist Heiligabend. Ich kümmere mich um eine Werkstatt und die beulen deinen Wagen wieder aus«, versucht Magnus zu beschwichtigen.

»Das ist ein Oldtimer!«

»Auch das werden die hinkriegen.«

Oma guckt, als gehöre sie nicht hierher.

»Schluss jetzt! Er hat sich doch entschuldigt«, schaltet sich Mutter dazwischen.

»Hat er nicht! Er hat mir frohe Weihnachten gewünscht«, kontert Vater behaglich.

Jetzt rollt Mutter mit den Augen.

Vierzig Jahre Ehe haben Vater jedoch gelehrt, wann der Zeitpunkt zum Einlenken gekommen ist, und so stiert er Magnus tief in die Augen, greift nach seinem Glas und spült sämtliche Vorwürfe mit dem Bourbon die Kehle hinunter.

Mit einem entschlossenem »So!« und bimmelndem Porzellanglöckchen startet Mutter die Weihnachts-CD nochmal von vorne und leitet das traditionelle Prozedere der weihnachtlichen Konsumgüterverteilung ein: Geschenk gegen Geschenk, Gutschein, Lied oder Gedicht. Die Zwillinge haben ein kleines Theaterstück einstudiert, das Oma Tränen in die Augen treibt, und für das sie unter frenetischem Beifall der Familie gut die Hälfte der angeschleppten Geschenke einstreichen. Als sich dann auch Rosalinde vor die Tanne stellt und ihre Blockflöte, die sie beim letzten Weihnachtsfest für ein fünfzeiliges Gedicht ergattert hat, hinterm Rücken hervor zückt, entschuldige ich mich leise und stehle mich, unter dem Vorwand, ganz dringend auf die Toilette zu müssen, aus dem Raum und verschwinde zum eingelegten Kürbis. Als ich nach einer Weile zurück ins Wohnzimmer kehre, liegt so etwas wie weihnachtliche Stimmung in der Luft: Die leise Musik, die Wärme, das Licht – Vater, der sich zu Mutter, Tante Brigitte und Oma gesetzt hat, Magnus, Jennifer und ihre beiden eigensinnigen Exemplare und meine Schwester Melanie nebst Ehemann Ulf, die händchenhaltend ihrer pummeligen Tochter beim Spielen vorm Tannenbaum zusehen, wie sie einer pädagogisch fragwürdigen Plastikpuppe inbrünstig die langen, blonden Haare bürstet.

Unbemerkt betrachte ich das Geschehen vom Türrahmen aus.

Von heute an verbleiben genau 365 Tage bis wir das nächste Mal gemeinsam bei Kroketten, Rotkohl und Gänsekeule sitzen werden. Steht bereits im Kalender. Alle werden wieder aus unterschiedlichen Richtungen des Landes anreisen. Vater wird sich um Wein und Meerrettich kümmern und Mutter vor der Entscheidung stehen, ob sie nicht mal eine neue Tischdecke ausprobieren soll. Mit Boris rechne ich kaum noch, mit Oma schon und Tante Brigitte kommt bestimmt. Meine Geschwister und ihre Familien ebenfalls.

Ich werde mir erneut die Frage stellen, warum in aller Welt wir uns das jedes Jahr aufs Neue antun.

Doch auch die Frage, ob es im nächsten Jahr Liebe oder Geschenke geben wird. Und so streife ich zurück zum Tisch, setze meinen Eltern einen Kuss auf die

Stirn, wünsche ihnen von Herzen frohe Weihnachten und greife lächelnd nach dem Teller mit den Lebkuchenherzen.

GUTE NACHT MARIE!

Mit spülmittelverätzten Händen greife ich nach dem letzten leeren Weinglas und tauche es leidenschaftslos in das noch lauwarm gefüllte Waschbecken. Auf der Oberfläche des Wassers treiben Fettaugen, die die Gläser noch unansehnlicher machen. Auf dem Grund dümpeln Essensreste: Winterlicher Quelllachs, Quellreis und Quellfenchel.

Mit Schwindel auf den Pupillen begutachte ich den Lippenstiftrand des Glases unter dem Licht des Küchenstrahlers, gegen den selbst unser konzentriertester Reiniger hilflos bleibt.

»Komm, lass stehen. Das machen wir morgen gemeinsam«, höre ich die Person sagen, die wippend am Türrahmen steht und angestrengt mit den Augen rollt.

Meine Frau. Hätte sie das vor einer Viertelstunde gesagt, hätten wir es tatsächlich morgen *gemeinsam* machen können.

»Der Besuch weg?«, frage ich.

»Weißt du, was ich denke?«, entgegnet sie.

Ich lege die ausgefranste Glasbürste zurück in den Korb und drehe mich mit quietschenden Sohlen in die Richtung, aus der die vorwurfsvolle Stimme kommt.

»Ich denke«, wedelt sie die Arme mit großer Geste, wie sie es immer tut, wenn sie kurz davor ist, sich aufzuplustern, »ich denke, du hättest ruhig höflicher zu unseren Gästen sein können.«

Maries Lallen klingt wie ein ungewöhnlicher Akzent. Ich antworte nicht sofort. Stattdessen hole ich Luft. Leise und unauffällig. Gerade so tief wie nötig. Ich versuche mich an einem versöhnlichen Gesichtsausdruck, der der Situation Schärfe nehmen soll. Die Erfahrung hat mich gelehrt, dass eine Äußerung, in der dreimal ›ich denke‹ vorkommt, zu neunundneunzigkommaneun Prozent erst der Auftakt einer bevorstehenden Grundsatzrede ist. Sie wird mir erzählen, dass sie allen, wirklich allen meinen Freunden mit Respekt gegenübertritt, selbst wenn sie die meisten von denen nicht leiden kann. Sie wird mir sagen, dass es unhöflich ist, sein Gegenüber unentwegt mit falschem Namen anzusprechen und sie wird mir vorhalten, dass es noch viel unhöflicher ist, jeden gutgemeinten Versuch, ein Gespräch zu beginnen, mit demonstrativem Gähnen zu quittieren. Natürlich werden ihr noch eine

Handvoll weitere Dinge einfallen.

Ihr fallen noch *zwei* Handvoll weitere Dinge ein.

Unterdessen nutze ich den Monolog, um mit dem Lederlappen das Becken von den Schlieren zu befreien. Als sie fertig ist, glänzen die Armaturen, als wären sie erst gestern eingebaut worden.

»Schatz?!« Ich halte meinen Kopf schräg wie ein Wellensittich. »Wollen wir nicht einfach schlafen gehen?«

»*Einfach*!«, faucht sie mit glasigen Augen. »Immer machst du es dir einfach. Hörst du mir eigentlich auch manchmal zu?«

Ich hätte es wissen müssen. Nun kommt es bereits nicht mehr darauf an, was ich sage, sondern dass ich etwas äußere.

»Ich glaube, du liebst mich gar nicht mehr«, schluchzt Marie. Sie wirft ihre Unterarme theatralisch über die purpurrot geäderten Augen und lehnt sich wie eine Balletttänzerin ins Hohlkreuz. Ich überlege, was genau nochmal der Ausgangspunkt unserer absurden Konversation war. Dass ich Joost manchmal mit Jupp angesprochen habe? Dass ich hin und wieder gähnen musste, als Manuela zum achten oder zehnten Mal von ihrem sündhaft teuren Fitnessclub erzählte, bei dem sie zwar für eine Menge Geld angemeldet war, ihn aber aus belanglosen, wahrscheinlich ausgedachten,

Gründen nicht besuchte?

Natürlich werde ich sie nicht danach fragen. Stattdessen werde ich das tun, was jeder Mann machen sollte, wenn er einer weinenden Frau gegenübersteht: Sie fest in den Arm nehmen!

Ich werde sie also in den Arm nehmen, ihr sagen wie sehr ich sie liebe und dabei natürlich nicht an Sex denken. Und während wir ineinander verschlungen wie Ranken zwischen Spüle und Küchentisch stehen, verlangsamt sich auch schon die Frequenz des Schluchzens. Noch zweimal über Maries mittlerweile zerzaustes Haar gestreichelt und sie wird wieder ganz die alte sein.

Dachte ich. Doch dass ich trotz des beachtlichen Weinkonsums plötzlich mit einer angsteinflößenden Erektion an ihren versöhnlichen Schenkeln stehe, war weder geplant, noch gewollt! Wirklich. *Ich* wollte nicht an Sex denken. *Sie* hatte gesagt: »Lass uns jetzt schlafen.«

»Habe ich's nicht gesagt? *Einfach, einfach!* Immer machst du es dir einfach!«, zischt Marie aufgebrachter als zuvor.

Es folgt das markerschütternde Geräusch klirrender Weingläser! Teller zerbersten. Tritte prasseln gegen den Küchentisch. Ich gehe in Deckung. Ich weiß, es ist nicht Marie, es ist der betrunkene Geist, der aus ihr brüllt. Als es nichts mehr zu werfen gibt, zittert sie vor Erschöpfung und ich hoffe inständig, dass die Nacht ausreichend lang sein wird, um für morgen einen neuen – einen besseren Tag zu zeichnen. Mit zur Schau gestellter Demut schnappe ich mir die kratzige Wolldecke, ein rundes Kissen und ziehe mich ins Wohnzimmer auf die Couch zurück. Unser gemeinsames Bett überlasse ich ihr. Wir verzichten beide aufs Zähneputzen.

Ich träume schlecht und bin als erster wach.

Als Marie spät morgens die Küche betritt, sind die Ruinen des vergangenen Abends hinter einer großen Vase frischgeschnittener Tannenzweige und duftenden Brötchen versteckt. Brühwarmer Kaffee fordert Waffenstillstand.

»Habe gestern wohl etwas zu viel getrunken«, verrät sie unter der Last ihrer Kopfschmerzen. Ich reiche Marie eine Tasse. Sie lächelt.

Die kommenden Tage meinen es gut mit uns: die Freude auf das Fest steigt, die Zeitung schwärmt von Neuschnee und blauem Himmel, ich stehe am Herd.

›Do you know it´s Christmastime‹ strömt aus dem Radio und verteilt sich um den Küchenherd, wo ich marktfrische Zutaten in Maries Lieblingsspeise verwandele. Mit ruhiger Hand streue ich erst Zimt, dann

Himalaya-Salz über die köchelnden Töpfe. Dann klingelt es!

An der Haustür.

Laut.

Die Dose fällt.

Und verstummt im Dampf.

Natürlich kann der Paketbote nicht wirklich etwas für mein wütendes Gesicht. Er tut nur das wofür er da ist: Klingeln und Pakete bringen. Mit knirschenden Zähnen schnappe ich nach dem Mitbringsel und werfe ihm die Haustür vor die Füße. Inzwischen steht Marie in der Küche. Mit gepressten Lippen denke ich an den Kochtopf und überreiche das an sie adressierte Päckchen. Fühlt sich schwer an.

»Für mich?«, fragt sie und schenkt mir einen Kuss, der nach süßem Lipgloss schmeckt. Ich nicke. Neugierig zieht sie einen handgeschriebenen Zettel aus einem Kuvert. Ich beobachte ihre Gesichtszüge, während ihre Pupillen tonlos die Zeilen in ihrer Hand verfolgen.

»Liebste Marie! Wie versprochen, senden wir euch eine Kiste Primitivo, von dem du so geschwärmt hast! Aus Joosts privater Schatzkiste … Zum Wohl! Habt ihr Lust, am dritten Advent zu uns zu kommen? Würden uns riesig freuen. Liebste Grüße von Manu und Joost«

Marie faltet den Zettel in der Mitte. Einmal, zwei-mal, dreimal und steht mit halbkreisförmigem Lächeln auf meinen Zehenspitzen.

»Schaaa-haatz, wir sind am Wochenende eigeladen!«

PUNSCHBECHERSAMMLER

Es roch nach warmen Mandeln und klirrend kalter Luft. Würstchenkauend stand Brahms inmitten des Weihnachtstrubels und sah zu ihr hinüber. Der Schnee unter seinen Schuhen war längst geschmolzen. Er lächelte mit vollem Mund, als er bemerkte, dass auch sie Notiz von ihm genommen haben musste. Sie trug einen weißen Mantel und stand mit einer kleinen Gruppe an einem der gegenüberstehenden Tische. Hin und wieder lachte sie und deutete mit ausgestrecktem Arm in seine Richtung.

Er strahlte ein nie da gewesenes Selbstbewusstsein aus. Zwar lag es noch etwas künstlich in seinem vernarbten Gesicht, doch mit jedem Blick zu ihr herüber, übte er den Umgang damit. Eilig hob er seine Hand und bestellte zwei Punsch.

»Hier möchtest du?«, stotterte er sie an, während all sein Mut durch seine Adern floss.

»Was?«, entgegnete sie erschrocken, als er neben ihr

auftauchte. Ihr Gesicht war makellos. Keine einzige Falte. Sie war genauso hübsch wie jung.

»Punsch. Habe ich dir gekauft«, erklärte er wortkarg.

»Das wäre nicht nötig gewesen«, antwortete sie höflich.

Ihre Freundinnen kicherten, während sie ihm gespielt lächelnd die Tasse abnahm und auf den Tisch zu den anderen Bechern stellte.

»Danke«, sagte sie sich knapp und wandte sich von ihm ab.

Sein Atem stieg stumm in die kalte Dezemberluft. Sein Brustkorb hob und senkte sich zweimal. Dann rückte er einen weiteren Schritt an sie heran. So dicht, dass es jeder als unangenehm empfinden musste. Druckvoll tippte er ihr auf die Schulter.

»Wollen wir den auch trinken?«, drängte er mit durstiger Stimme.

Eingeschüchtert wich sie zurück.

»Hören Sie bitte. Ich möchte mit Ihnen nichts trinken. Ich wollte nur höflich sein, deshalb habe ich Ihren Becher genommen«, erläuterte sie, als stimmte das, was sie sagte.

Schlagartig wich das heitere Stimmengewirr der Gruppe einer seltsam gereizten Stimmung. Aus dunklen, angetrunkenen Augen eines großen, jungen Mannes, der sich in die enge Lücke zwischen dem

Mädchen und ihm gestellt hatte, blinzelte die unmissverständliche Botschaft, jetzt besser zu gehen.

»Vielleicht ein anderes Mal?«, fragte er, als hätte er ihr ›Nein‹ nicht verstanden.

»Machen Sie, dass Sie hier wegkommen!«, verlieh der Breitschultrige seinem Blick den nötigen Nachdruck. Mit schleifenden Schritten zog Brahms zurück zum Stand, von dem er gekommen war und bestellte erneut einen Becher Punsch. Er positionierte ihn vor sich auf den Tisch und blickte eine Weile durch den aufsteigenden Dampf des Getränkes zu dem Mädchen hinüber. Dann trank er ihn in hastigen Zügen aus …

Wenige Tage später, das Radio beklagte sich über die miese Laune des Winters, stand Brahms stumpfen Blickes am Fenster seines überheizten Wohnzimmers, als eine plötzliche Durchsage seine volle Aufmerksamkeit auf sich lenkte. Mit nervösen Fingern drehte er am Lautstärkeregler:

»… 1,70m groß, dunkelblonde lange Haare, bekleidet mit einer blauen Jeans und einem hellen Mantel. Die 22-jährige Studentin Sophia W. wird seit dem 18. Dezember vermisst … hatte nachmittags den Weihnachtsmarkt besucht … war gegen 19:00 Uhr von Kommilitonen zum letzten Mal gesehen worden … um weitere Hinweise wird gebeten.«

Er schaltete das Gerät aus, woraufhin sich der Raum

mit absoluter Stille füllte. Im selben Moment fuhr vor dem Haus ein silberblauer Wagen vor, aus dem zwei Polizeibeamte ausstiegen. Brahms fühlte das hämmernde Pochen seiner Schläfen. Durch die Scheibe beobachtete er, wie sie ihre Mützen aufsetzten. Einer von ihnen blickte in ein dunkles Buch, dann verschwanden sie aus seinem Blickfeld.

Vorsichtig zog er die Gardine vor die Fenster und verschwand in die Küche. Mit zittriger Hand stellte er einen Wasserkessel auf den Herd, um Tee zu zubereiten. Zeitgleich zum Pfeifen des Kessels klingelte es an seiner Haustür und er überlegte, was er zuerst tun sollte. Erst die Tür? Erst der Kessel? Er erwartete keinen Besuch.

Er erwartete niemals Besuch!

Dann klopfte es einmal, zweimal und nach den dritten Mal klingelte es erneut. Von draußen ertönte eine Stimme, die er nicht kannte. Mit hektischer Bewegung ließ er den Becher, den er auf dem Weihnachtsmarkt in die Tasche gesteckt hatte, im Hängeschrank verschwinden und nahm den Kessel vom Herd.

»Ich komme!«, rief er. Brahms zog einen Bademantel über, um eine plausible Begründung für die Wartezeit parat zu haben.

»Guten Tag«, sagte der Kleinere der Beamten. »Sind Sie Herr Brahms? Herr August Brahms?«

Ein leises »Ja« stolperte über die Türschwelle.

»Dürfen wir hineinkommen?«, übernahm der Längere das Wort.

»Wir haben einige Fragen an Sie«, vervollständigte der andere den Satz.

»Ich habe nicht aufgeräumt«, verteidigte er die Unordnung in der Wohnung. »Ich bin krank und komme deshalb nicht zu vielem.«

»Krank?«, erkundigte sich einer der Beamten.

»Der Dezember«, nickte er beteuernd.

»Jaja, die Kälte. Die sollte man nicht unterschätzen«, bemerkte der Kleine, während seine Augen durch die Wohnung streiften. Sein Dialekt war von hier.

Die Beamten nahmen am kleinen Küchentisch Platz. Brahms blieb stehen.

»Trinken Sie Tee?«, fragte er, um Zeit zu gewinnen.

»Nein«, antwortete der eine.

»Gerne«, der andere.

Das Wasser war noch heiß und Brahms griff zwei Becher aus dem Schrank. Dann kam ihm die Radiodurchsage in den Sinn. Unweigerlich brachte er diese mit den Fragen der Polizisten in Verbindung und so stellte er einen der Becher, den Neueren, zurück.

»Danke«, nickte der Uniformierte und griff nach dem dampfenden Gefäß. Es gab keinerlei Mimik unterhalb seiner Dienstmütze. Doch das änderte sich von jetzt auf gleich: Laut schreiend und mit schmerzverzerrtem

Gesicht ließ er die randvolle Tasse zu Boden rauschen. Ein dampfender See aus Minze tropfte über die Kante des Tisches auf den Boden. Ein gestrandeter Teebeutel mitten drinnen.

»Verdammt!«, jaulte der Polizist wütend und schüttelte seine puterrote Hand.

»Möchten Sie einen Neuen?«, bot Brahms an.

»Nein! Kühlen!«, antwortete er.

Brahms deutete auf das Waschbecken.

Während der Uniformierte seine Hand schnaubend unter den Wasserstrahl hielt, fiel der routinierte Blick seines Kollegen in den geöffneten Hängeschrank.

»Weihnachtsmarkt?«, bemerkte er, ohne genau erkennen zu lassen, ob es sich hier um eine Frage oder eine Feststellung handelte. Brahms schluckte.

»Waren Sie?«, hakte der Beamte nach. Er benutzte dabei einen Ton, wie ihn Zeitungsverkäufer an der Haustür anschlugen.

Als jetzt auch Brahms Blick zum Punschbecher wanderte, überkam ihn das Gefühl, dass seine Antwort zu diesem Zeitpunkt längst nicht mehr von Bedeutung war: Beim Verschwinden eines jungen Mädchens brauchte das Gesetz schnelle Erfolge. Vor allem zu Weihnachten. Und so kam es, dass er an einem 23. Dezember seine erste Fahrt in einem Polizeifahrzeug antrat. Mit gesenktem Kopf. Ebenfalls mit gesenktem Kopf ertrug er stundenlanges Verhör. Mit gesenktem

Kopf erklärte er den Becher. Mit gesenktem Kopf folgte er den Wärtern in die Untersuchungshaft. Mit gesenktem Kopf saß er in einer winzigen Zelle auf der durchgelegenen Matratze seines Bettes und starrte mit leerem Blick auf den Boden. Es war doch Weihnachten. Er konnte es einfach nicht verstehen. Er wollte doch nur einen einzigen Punsch mit ihr trinken ...

Am nächsten Tag bekam er früh morgens Besuch. Zwei Personen. Einer im Anzug, der andere trug Uniform. Sie berichteten im leisen Ton von bedauernswerten Umständen und unglücklichen Missverständnissen. Das verschwundene Mädchen sei an jenem Morgen wieder aufgetaucht. Ein Anflug jugendlicher Spontanität, eine alkoholisierte Dummheit: Sie war am Abend des Marktbesuches mit einem Unbekannten heimgegangen. Hatte die Tage bei ihm verbracht.

»Und der Becher?«, stammelte er leise. Er sah die beiden Männer sorgenvoll an und blickte dabei in sprachlose Gesichter. »Ich brauche ihn für meine Sammlung. Bekomme ich den Becher zurück?«

Der Mann im Anzug senkte den Kopf.

Der Uniformierte senkte den Kopf.

Dann wünschten sie sich frohe Weihnachten.

DANKE,

... dass dieses Büchlein den Weg zu Ihnen finden durfte! Ich habe versucht, sämtliche Vehler zum Teufel zu schicken. Sollten Sie dennoch einen gefunden haben, behalten Sie ihn gerne. Geschenkt. Er gehört Ihnen! Haben Sie zwei, drei oder sogar noch mehrere gefunden – *hey*, es ist Weihnachten ...

Wenn Sie traurig sind, nur drei Geschichten vorgefunden zu haben, schreiben Sie mir gerne eine E-Mail! Ich sende sie Ihnen noch einmal zu – schon haben Sie sechs! Oder besser noch: Es gibt noch zwei weitere Romane von mir: »Aufgeschluckt!«, eine saukomische Geschichte über ungebetene Mitbewohner und andere Katastrophen. Nichts Weihnachtliches, doch viele behaupten, der Roman sei ähnlich unterhaltsam. Oder aber Sie mögen Eis lieber als Schluckauf?! Auch gut, denn im Eulenspiegel Verlag ist genau so ein Buch von mir erschienen. »Eis geleckt« lautet der Titel. Blöderweise auch nichts wirklich Weihnachtliches, dafür aber zumindest eine Geschichte über die Suche nach Eis – nämlich nach der perfekten Eiskugel. Und das Gute daran: Der Roman hat sogar ein paar Seiten mehr als dieses dünne Büchlein hier.

Im weiteren Verlauf finden Sie ein Schnupperkapitel davon. Machen Sie sich doch einfach selbst ein Bild!

Und wenn Sie nicht nur das Lesen lieben, sondern auch das Schreiben, verfassen Sie doch eine Rezension auf einem (oder allen) der gängigen Bewertungsportalen! Oder auf Ihrem eigenem Blog oder auf der Rückbank Ihrer Straßenbahn oder im Spiegel oder Focus, oder, oder, oder … Fühlen Sie sich frei – ich freue mich mit Ihnen! Natürlich können Sie mir Ihr Feedback auch per Mail senden: post@thorstendoerp.de

Und sollten Sie mehr über meine kleine Welt des Schreibens erfahren wollen, treffen wir uns einfach auf Facebook:

https://de-de.facebook.com/buchstabenschmiede/

Ach ja, falls es Ihnen das alles hier gar nicht gefallen hat, dann tut mir das sehr leid. Schenken Sie das Buch jemanden, den Sie nicht mögen oder benutzen die Seiten für wackelige Tischbeine oder als Fliegenklatsche. Oder, oder … So oder so wünsche ich Ihnen schöne Weihnachtstage!

LESEPROBE

Bad Wannesbüren

Am sehr frühen Morgen des 24. März fiel in der kleinen Gemeinde Bad Wannesbüren die mit vielen Preisen ausgezeichnete Legehenne Helga tot um. Einfach so. Keiner wusste warum.

Noch am selben Tag – wenige Stunden später.

Elmo Jürgens saß barfuß und mit Schlafanzughose im Pausenraum der Firma. Auf dem Kopf trug er eine Taucherbrille, die seinen akkurat gezogenen Mittelscheitel in Mitleidenschaft gezogen hatte. Sein Adamsapfel rutschte mit jedem Schlucken unters Kinn, und seine Augen starrten unbeirrt auf den Tisch vor ihm: zwei Teller, zwei Messer, zwei Aufbackbrötchen, etwas Halbfettmargarine und ein Körbchen Portionswurst. Aus einer Tasse dampfte grüner Tee, der drei

Minuten zu lang gezogen hatte.

»Neues Outfit?«, bemerkte Frau Kaffee-Meier, als sie die Kantine betrat. Als sei sein heutiger Auftritt das Normalste der Welt. Wie an jedem Morgen füllte sie den Becherschrank mit Porzellanklappern. Sie ordnete Zucker und Milch und stellte hölzerne Rührstäbchen für die Belegschaft bereit. Elmo schwieg. Erst als eine Fliege surrend sein Sichtfeld kreuzte, hob er den Blick und spähte ihr hinterher, was wiederum seine Aufmerksamkeit zum Fenster lenkte. Und zur Stempeluhr auf dem Flur, wo bereits die üblichen Verdächtigen standen, um gemeinschaftlich das morgendliche 9-Uhr-Stempeln zu zelebrieren: Frau Johannsen, der blütenlose Kaktus aus der Warenannahme, Sachbearbeiter und Mitarbeiter der Monate Januar bis Dezember Herr Melzer, Zahlengöttin Frau Grieß aus der Buchhaltung und Kolle. Über Kolle wusste kaum jemand Genaueres.

Elmo griff eines der Brötchen und teilte es. Er drapierte die Hälften liebevoll mit Margarine und Leberwurst und arrangierte sie sauber und ordentlich auf dem gegenüberstehenden Frühstücksteller. Ein Bild wie aus einem Hotelprospekt. Beim zweiten verfuhr er ähnlich, puhlte jedoch das Weiche mit dem Zeigefinger aus den Hälften und rollte es in seinen schwitzenden Handflächen zu einer Teigkugel. Die Kuhle spachtelte er mit Margarine und Leberwurst dicht und legte das Werk auf seinen Teller. Fertig. Mit langem Arm pferchte er die Krümel zu einem Häufchen zusammen und ließ es unterm Tisch verschwinden. Nur noch zwei Minuten bis zur Pause. Die Spannung stieg. Gleich würde die Tür aufspringen und der Frühschicht-Mob wie jeden Morgen den Pausenraum stürmen und mit wirrem Gebrabbel füllen. Die Kollegen würden sich in kleinen Grüppchen an den Tischen zusammenfinden, geschmierte Graubrote aus ihren Zellophanpapieren wickeln, schmatzen und schlürfen und alsbald Jürgens an seinem gedeckten Tisch bemerken.

»Neues Outfit?«, würde mit Wahrscheinlichkeit die verständnisvollste Regung auf sein ungewöhnliches Erscheinungsbild bleiben. Er rechnete vielmehr mit Entsetzen, mit eindeutigen Ballaballa-Gesten, zumindest jedoch mit kollektivem Kopfschütteln. Warum sollte es ihm hier anders ergehen als bei der Hinfahrt am Morgen? Weil sie seine Kollegen waren? Mitnichten, denn Spaß war an diesem Ort bestenfalls ein Wort mit fünf Buchstaben, das es in der Kaffeepause in eines der Zeitungsrätsel einzusetzen galt. Wer bei Gerber & Sohn angestellt war, hatte grundsätzlich nicht viel zu lachen. Nicht hier, nicht im wirklichen Leben. Gerber & Sohn war ein Unternehmen, das Speiseeispulver herstellte und weder hip, noch hop, noch sonst irgendetwas sein wollte. Man wollte verkaufen. Punkt. Grundsolide, konservativ und staubtrocken wie der Beutelinhalt, den Elmo Jürgens als Telefonverkäufer an den Kunden bringen musste. Der Pausenraum war keine Stätte des Spaßes, sondern ein Ort, an dem Pfirsich-Melba eine abgedrehte Geschmacksrichtung war. Natürlich rechnete er mit wenig bis gar keinem Verständnis.

Der lange Zeiger seiner Uhr sprang auf die Zwölf. Angespannt schielte Elmo unter seinen Augenbrauen hindurch und verfolgte die einlaufende Meute. Es brauchte nur wenige Sekunden, bis ihn die ersten argwöhnischen Blicke trafen. Seine Armhärchen stellten sich auf: Vielleicht würde er mit seiner Verkleidung unerwartet für Panik in der Belegschaft sorgen. Eine Option, die er erst jetzt, als bereits leises Tuscheln unter den Kollegen aufkam, in Erwägung zog. Lagen die Gehaltsgespräche doch erst wenige Wochen zurück.

Elmo schluckte schwer. Plötzlich tauchte vor seinem geistigen Auge ein schwerbewaffnetes Sondereinsatzkommando auf. Zackige Bewegungen von schwarz gekleideten Vermummten mit Präzisionsgewehren, die sich um das Firmengebäude positionierten. Ein Beamter zischelte das kleine Einmaleins der Psychologie durchs Megafon. Elmos Blick fiel erschrocken auf die Brötchenhälften, die vor ihm warteten, und feine Schweißperlen krochen aus den vor Aufregung geweiteten Gesichtsporen. Das war so nicht beabsichtigt! Er versuchte Ruhe zu bewahren, hektische Bewegungen zu vermeiden. Reihum prüfte er die Gesichter seiner Kollegen, um auszumachen, ob außer ihm noch einer diesen obskuren Amokläufergedanken hegte.

Zu seiner Erleichterung konnte er außer ratlosen Gesichtern nichts weiter erkennen. Keiner fing an zu schreien, keiner zückte das Handy, niemand griff zum Kantinentelefon. Stattdessen quietschten Stuhlbeine über das Linoleum, und jeder setzte sich an den Platz, wie er es an jedem anderen Morgen auch tat. Es brauchte einige Minuten, bis das Tuscheln dem üblichen Lärmpegel wich. Elmo pustete grenzenlose Erleichterung in den Raum.

Doch kaum hatte er ausgeatmet, senkte sich die Türklinke ein weiteres Mal. Es wurde Ernst! In Nullkommanichts rauschte ihm das Blut wie selbstgebrannter Schnaps in Ohren und Wangen, und sein Gesicht brannte wie nach einer schlechten Rasur. Adrenalin übernahm Drehbuch, Regie und Kamera seiner Motorik, und Elmo rutschte mit versteinertem Gesicht vom Kantinenstuhl, wobei er die Arme in die Luft riss. Sein Zeigefinger verhakte sich im Henkel des Bechers, riss ihn um, und der brühwarme Inhalt verteilte sich über die Tischfläche. Ein dampfender Bach aus Yasmin lief über die Kante und plätscherte zu Boden. In dieser Sekunde zog eine Supernova durch den Raum: Britta Henschel. Die sagenhafte Marketing-Britta. Seine Fünf-nach-neun-Britta. Die Britta, die seinen Tag erhellte, wenn sie morgens durch die Tür zur Kantine schritt. Die Britta, die niemals alleine am Tisch sitzen musste. Die Britta, in deren Anwesenheit sich die Kollegen sonnten. Die Britta, die Brötchen mit Leberwurst aß. Die Britta, die ihm auf die Frage, ob sie denn nicht mal gemeinsam frühstücken wollten, lächelnd geantwortet hatte: »An dem Tag, an dem Sie mit Schlafanzughose und Taucherbrille zur Arbeit kommen und im Pausenraum vor versammelter Mannschaft die *Ode an die Freude* singen.«

Heute.

Mit zittrigen Fingern entfaltete Elmo einen Zettel, den er hinter dem Gummibund seiner Schlafanzughose hervorzog, stützte sich mit seiner linken Hand auf die Rückenlehne des Stuhls und starrte die sichtlich überraschte Britta Henschel mit seinem aufdringlichsten Grinsen an. Ein kurzes Räuspern seinerseits, ein leises Schlucken ihrerseits, dann begann er rhythmisch mit dem Fuß zu wippen und zählte.

»*Won, tu, swie, for! Freude schöner Götterfunke ...*«
Er las eher, als dass er sang, denn Singen war eigentlich nicht so sein Ding – und alles und jeder in diesem morgendlichen Raum versank in peinlich berührter Stille. Selbst das Surren der Kaffeemaschine

verstummte von einer auf die andere Sekunde.

»Falsche Tonlage«, unterbrach Elmo abrupt, räusperte sich, lächelte unschuldig und ruckelte an seinem Adamsapfel. Kaum drei Armlängen von ihm entfernt stand das entsetzte Opfer: vierzig Augen, die noch eben an Elmo Jürgens gehaftet hatten, zogen neugierig zur gestalkten Henschel hinüber.

Galt Britta Henschel bislang durch sämtliche Abteilungen als Inbegriff gelebter Souveränität, erinnerte ihre momentane Körperhaltung bestenfalls an Leichenstarre. Das staunende Publikum sah sie zum allerersten Mal erröten. »Ach, Gott«, hörte man hier, »die Arme«, vernahm man dort. Elmo deutete ihre Hitzewallungen als gutes Zeichen und stimmte für einen erneuten Anlauf an.

»Mimimimi...«

Bevor seine Stimmbänder ein weiteres Mal zum Rundumschlag ausholen konnten, legte sich ein kühler Schatten über Elmo Jürgens und verdunkelte seine kleine Bühne. In kurzen Intervallen tippte jemand auf das Gehäuse der Taucherbrille. Elmo verstummte Knall auf Fall und vollführte mit seinem Hals eine gewagte Drehung. Angestrengt starrte er ins grelle Deckenlicht und erspähte eine dunkle, mächtige Kontur, die sich über ihn beugte.

»Guten Morgen, Herr Jürgen«, sprach der eispulvergemästete Schatten mit Baritonstimme, »wenn Sie so freundlich wären und nach Ihrer Pause zu mir ins Büro kommen würden ...«

Herr Gerber.

Leibhaftig.

Die Belegschaft erstarrte.

Wer jetzt noch kaute, erntete böse Blicke. Es lag auf den Tag genau zwei Jahre zurück, dass Gerber das letzte Mal einen Fuß in die Kantine gesetzt hatte. Es war ein unangenehmer Besuch mitten aus dem Nichts gewesen, der einen Beigeschmack hinterließ, aus dem sich kein Eis machen ließ. Seinem damaligen Auftritt folgten dicke Tränen und eine Lawine betriebsbedingter Kündigungen: *»Sie, Sie und Sie – bitte kommen Sie nach Ihrer Pause mal zu mir ins Büro.«*

Elmo verschluckte den Text samt Zettel und griff sich wie unter Strom an den schwitzenden Kopf. In einer hektischen Bewegung riss er sich die Taucherbrille herab, wobei der Gummiriemen einen leuchtenden Streifen auf die Wange zeichnete und sich hinter seinem Ohr verhedderte. Sein sorgsam gekämmter Kopf verwandelte sich in Handumdrehen zu einem zerpflückten Vogelnest.

»In Ihr Büro kommen?«, stammelte er mit trockenen Lippen.

...